GUÍA DE LECTURA

Escrita por Johanne Boursoit
Traducida por Laura Soler Pinson

El enfermo imaginario

de Molière

Entiende fácilmente la literatura con

ResumenExpress.com

www.resumenexpress.com

PARA IR MÁS ALLÁ   20

MOLIÈRE

DRAMATURGO, DIRECTOR DE COMPAÑÍA DE TEATRO Y ACTOR FRANCÉS

- **Nacido en 1622 en París**
- **Fallecido en 1673 en la misma ciudad**
- **Algunas de sus obras:**
  - *Don Juan* (1665), comedia
  - *El avaro* (1668), comedia
  - *El burgués gentilhombre* (1670), comedia-ballet

Molière (cuyo verdadero nombre es Jean-Baptiste Poquelin), nacido en París en 1622 en el seno de una familia burguesa adinerada, es a la vez autor, escenógrafo, director de compañía y actor. Se orienta desde muy pronto hacia el teatro y funda junto a la actriz Madeleine Béjart la compañía del Ilustre Teatro. Tras doce años de teatro itinerante fuera de la capital, vuelve a París, donde llama la atención de Luis XIV, que lo pone a su servicio.

Escribe principalmente comedias en las que, amparándose en la risa, saca a la luz los defectos de sus contemporáneos (el preciosismo, el pedantismo, la avaricia, etc.) y critica la sociedad del siglo XVII (los padres autoritarios, los falsos devotos, los médicos charlatanes, etc.). Las numerosas obras que escribe siguen ejerciendo a día de hoy una influencia considerable, y convierten a Molière en un autor principal del siglo clásico.

Fallece en París en 1673.

EL ENFERMO IMAGINARIO

UNA COMEDIA SOBRE LA MUERTE

- **Género:** comedia-ballet
- **Edición de referencia:** Molière. 2015. *El enfermo imaginario*. Traducido por Rosa María Blanco. Santiago de Chile: Zig-Zag. E-book en epub
- **Primera edición:** 1673
- **Temáticas:** matrimonio, astucia, médicos, hipocondría, muerte

El enfermo imaginario, obra representada por primera vez en 1673, es la última comedia escrita por Molière. Esta obra en tres actos, en la que se mezcla música y baile, relata las desventuras de una pareja que no puede casarse porque el padre de la joven, Argán, hipocondríaco, desea verla unida a un médico.

RESUMEN

Escenas 1-3

Argán, hipocondríaco, hace cuentas de su gasto en medicinas y llama a su sirvienta, Tonina.

La criada entra y su amo la abronca porque ha tardado demasiado. Tonina avisa a Argán de que su médico y su boticario están aprovechándose de su fortuna. Argán manda llamar a su hija, Angélica, para anunciarle una noticia, pero desaparece para recibir un tratamiento.

Escena 4

Angélica conoció a Cleantes una semana antes. Alaba ante Tonina las virtudes del joven, le confiesa los sentimientos que alberga por él y expresa las dudas que le invaden con respecto a la profundidad del amor que Cleantes dice sentir por ella. La situación se aclara rápidamente: el joven afirma que quiere casarse con Angélica.

Escena 5

Argán vuelve y anuncia a su hija que un hombre quiere casarse con ella. Ella consiente, puesto que piensa que se trata de Cleantes, pero rápidamente descubre que quien ha hecho la propuesta es Tomás Descompuestus, sobrino del señor Purgón, médico de Argán. El enfermo imaginario quiere rodearse de médicos y, precisamente, el pretendiente va a ser nombrado médico tres días después. Tonina intenta en vano que Argán entre en razón.

Escenas 6-7

La esposa del enfermo, Belina, consuela a su marido, disgustado tras el altercado que ha originado la negativa de Angélica. Argán quiere redactar su testamento esencialmente a favor de su mujer. Belina finge que ese asunto no le preocupa, pero ha traído a su notario, el señor Buenafé.

Según el notario, la única manera de que Belina herede de Argán es a través de un legado estando el testamentario en vida, por lo que Argán toma las medidas pertinentes.

Escena 8

Angélica y Tonina no caen en el engaño de Belina, que quiere desheredar a sus hijastras. Para desbaratar esta estratagema, Tonina debe conseguir que Argán y su mujer la aprecien. Además, la criada se compromete a avisar a Cleantes del matrimonio programado para Angélica.

Primer intermedio

En esta escena se mezclan cantos y bailes: Polichinela canta una serenata a su amada, Tonina, pero se ve interrumpido por unos violines. Toda la guardia lo persigue, lo atrapa y lo castiga a golpes. Polichinela, que no aguanta más, le da una propina a la tropa, contenta.

ACTO II

Escena 1

Aparece Cleantes, bajo la apariencia de un enviado del maestro de música de Angélica, en casa de Argán y se informa acerca de los sentimientos de esta.

Escenas 2-5

Se reúnen todos en la habitación de Argán. Llegan el señor Descompuestus y Tomás, su hijo. Tonina los recibe con burlas sutiles, intercambian cumplidos y Descompuestus alaba las virtudes de su hijo. Cleantes y Angélica entonan una escena de opera improvisada en la que los personajes centrales, un pastor y una pastora, se aman, pero no pueden casarse porque el padre de la joven quiere casarla con un hombre al que odia. Argán se muestra indiferente ante esta ópera y despacha a Cleantes.

Escena 6

Belina sale a escena. Angélica pide un poco de tiempo antes de su boda. Pero ni su padre, ni Tomás Descompuestus, al que solo le interesan sus beneficios, desean concederle ese plazo. Angélica también se enzarza con Belina, y le da a entender que sabe la razón de la atracción que siente por Argán: su herencia. Los médicos, padre e hijo, se van tras haber examinado a Argán.

Escenas 7-8

Belina y Luisita, la hermana pequeña de Angélica, han visto

a Cleantes en la habitación de Angélica. La pequeña, amenazada, cuenta a su padre lo que sabe acerca de la relación entre su hermana y Cleantes.

Escena 9

Beraldo, el hermano de Argán, lo visita para proponerle un pretendiente para Angélica. Este último dice sentirse muy débil para escuchar tal noticia.

Segundo intermedio

Con el objetivo de entretener a su hermano, Beraldo le ha traído a actores egipcios que, disfrazados de moros, llevan a cabo bailes entremezclados con canciones sobre el tema del amor y de la juventud.

ACTO III

Escenas 1-2

Beraldo tiene un plan para demostrar a Argán que está cometiendo el error de casar a Angélica con Tomás Descompuestus, y se lo cuenta a Tonina. También aprovecha para hacerle ver a su hermano que los médicos lo están engañando.

Escena 3

Beraldo intenta que Argán entre en razón. En su opinión, los médicos no saben más que los demás sobre curar a enfermos. Habría que tener incluso una salud de hierro para soportar sus remedios. Le aconseja también que se divierta y que vaya a ver las comedias de Molière que hablan del tema. Argán se niega y critica apasionadamente a Molière por atreverse a burlarse de los médicos. Finalmente, Beraldo intercede a favor de Angélica: Argán debería ceder ante la elección de su hija, puesto que un matrimonio es para toda la vida.

Escenas 4-5

Beraldo cuestiona delante del señor Oliscante, boticario de Argán, la utilidad de los médicos y de sus recetas. Argán no se toma el remedio que le ha recomendado su médico. Este último entra en escena y se enfada. Abandona a su suerte a Argán y le desea las peores enfermedades.

Escenas 6-10

Beraldo consuela a su hermano, mientras que un nuevo médico pide ver a Argán: se trata de Tonina, caracterizada.

Esta, disfrazada, ausculta a Argán y le encuentra un problema en el pulmón (cuando Purgón le había detectado un problema en el hígado y Descompuestus, un bazo deficiente). Le aconseja que se corte un brazo y que se pinche un ojo, y le promete que volverá a visitarlo. El enfermo se muestra muy dubitativo.

Escena 11

Beraldo le repite a su hermano que es importante que Angélica escoja a su esposo, que su obsesión con la medicina es inútil y, para acabar, que Belina lo manipula. Tonina, que finge siempre estar de acuerdo con Argán, se opone a esta última afirmación, y para probar los buenos sentimientos de Belina, simula la muerte de su amo.

Escenas 12-13

Cuando Belina se entera de la noticia, siente alegría y alivio. Explica a Tonina que ya solo tiene que poner en regla unos papeles para recibir su herencia. Argán se levanta: ahora conoce los verdaderos sentimientos de su esposa. Llega Angélica y los personajes deciden gastarle la misma broma. La joven expresa entonces una enorme tristeza.

Escena 14

Cleantes vuelve para convencer a Argán de que le dé la mano de su hija y encuentra a Angélica en un estado de profundo dolor. Esta ya no desea casarse con él: quiere entrar en un convento para cumplir la voluntad de su padre.

Argán se manifiesta. Tras la expresión de algunos buenos sentimientos y el apoyo de Beraldo y de Tonina, el enfermo acepta la unión de los dos jóvenes, con la condición de que Cleantes se convierta en médico. También se decide que el propio Argán será nombrado médico esa misma noche, en el transcurso de una ceremonia dirigida por un conocido de Beraldo. Sin embargo, este último desconoce que se tratará únicamente de un entretenimiento que unos actores llevan a cabo.

Tercer intermedio

Es una comedia burlesca en la que se mezcla relato, canto y baile, y que tiene por tema a un hombre (Argán) que es nombrado médico. El texto está compuesto por palabras en un seudolatín.

ESTUDIO DE LOS PERSONAJES

ARGÁN

Argán es un enfermo imaginario que siempre está acompañado por su médico o que está ocupado recibiendo algún tratamiento. Desea que su hija, Angélica, se case con Tomás Descompuestus, futuro médico, para tener lo más cerca posible a la fuente de sus remedios. Su hipocondría lo ciega hasta el punto de dejar que los hombres de ciencia se aprovechen de él.

Además de Angélica, Argán tiene una hija pequeña, Luisita, y una segunda esposa, Belina, que lo quiere por su dinero.

BELINA

Belina es la segunda mujer de Argán, más joven que él. Es hipócrita, finge que ama a su esposo y que le proporciona los mayores cuidados, pero en realidad, está esperando a que muera para recibir su herencia. Para ello, toma medidas junto a un notario cómplice y quiere enviar a sus dos hijastras al convento.

ANGÉLICA

Es la hija mayor de Argán y está muy enamorada de Cleantes, que corresponde su amor. Afirma que prefiere la muerte antes que una unión con Tomás Descompuestus, el pretendiente que Argán le reserva. Ama profundamente a su padre y está muy unida a Tonina, su criada, confidente y consejera. En su lucha por casarse con Cleantes, cuenta con dos aliados: Tonina y Beraldo, su tío.

LUISITA

Luisita es la hija pequeña de Argán y la hermana de Angélica. Es astuta e intenta encubrir la visita que Cleantes le hace a Angélica.

TONINA

Es la sirvienta de Argán. Es astuta, habilidosa, meticulosa, diligente y fiel, pero también impertinente. Aconseja y apoya a Angélica en los asuntos del corazón. Inventa un juego de roles para que Argán se dé cuenta de quiénes son sus verdaderos amigos.

BERALDO

Beraldo es el hermano de Argán. Es sensato y no le agradan los médicos que, en su opinión, no saben curar. Es aficionado a las comedias, y hace que su hermano disfrute de ellas. Aconseja a Argán que vaya a ver las obras de Molière e intercede a favor de su sobrina, Angélica.

CLEANTES

Cleantes, el amante de Angélica, es bello y valiente. Conoce a Angélica cuando la defiende. Está profundamente enamorado de ella, así que se hace pasar por maestro de música para visitarla y se convertirá en médico para que Argán le dé su mano.

EL CUERPO DE MÉDICOS

- El señor Descompuestus: médico, padre de Tomás Descompuestus.
- Tomás Descompuestus: su hijo, futuro médico y pretendiente de Angélica. Es muy ingenuo, acaba de terminar sus estudios y todo lo lleva a cabo con torpeza. Es amable, dulce, taciturno y no demasiado despierto, pero es trabajador y voluntarioso.
- El señor Purgón: médico de Argán, tío de Tomás Descompuestus.
- El señor Oliscante: boticario de Argán.

CLAVES DE LECTURA

LA COMEDIA DE INTRIGA

En casi todas sus obras, Molière respeta la estructura tradicional de la comedia de intriga: el matrimonio de amor de una joven se ve frenado por sus padres. En términos generales, el personaje que se opone a la unión es un maníaco cegado por sus excentricidades y, a través de la acción, se trata de sacar a la luz los defectos y los aspectos ridículos de su carácter.

El enfermo imaginario respeta este esquema al pie de la letra: Argán, hipocondríaco, se niega a que Angélica despose a Cleantes y escoge para ella a un médico para tener cerca a la fuente de sus remedios.

Los personajes

Pueden dividirse en tres categorías:

- los padres, que obstaculizan el matrimonio de sus hijos y quieren imponer otro para satisfacer una idea fija. Argán afirma con respecto a Angélica:

  > «El médico se lo doy para mí. Una buena hija debiera estar dichosa de casarse con quien puede resultar provechoso para la salud de su padre» (Molière 2015, 53);

- los aprovechados, que giran alrededor del maníaco e intentan sacar provecho de él. Son hipócritas sagaces que se burlan de un personaje al que conocen bien. Así, la ávida Belina conforta a Argán en su enfermedad imaginaria para obtener su herencia;

- el bando del sentido común, compuesto por la pareja de enamorados amenazados, apoyados por personajes sensatos, en este caso, Beraldo. El papel de estos personajes siempre incluye un discurso moralizador. En el tercer acto, Beraldo sermonea a Argán: no está enfermo y los médicos no saben curar.

A menudo, quien se opone a los maníacos es una sirvienta (o un sirviente) impertinente y astuta. En la obra analizada, Tonina contradice abiertamente a Argán (Molière 2015, acto I, escena 5) y, mediante una estratagema, desenmascara a Belina (Molière 2015, acto III, escena 12).

Los desenlaces

Lógicamente, muchas de las tramas de Molière deberían transformarse en dramas. Por ejemplo, Argán debería acabar arruinado por culpa de su mujer y de sus médicos. Pero en el género de la comedia el desenlace tiene que ser feliz, de forma que los malvados sean castigados y los buenos, recompensados. Además, Molière quiere mostrar el triunfo de la razón y de la paz del hogar. Por estos dos motivos, el autor recurre a una conclusión artificial: la estratagema o el golpe de efecto.

Así, Tonina y Beraldo convencen a Argán para que entregue a su hija a Cleantes, futuro médico, y para que él mismo sea nombrado médico. La obra acaba con la euforia de un ballet que oculta el carácter inverosímil del desenlace. Sin embargo, el remedio propuesto (salen a la luz los sentimientos reales de Belina y la incapacidad de los médicos) no basta para erradicar un mal tan arraigado. Al final de la obra, Argán sigue siendo hipocondríaco. Este final, que no es del todo feliz, deja al espectador una impresión pesimista tras la risa inicial.

MOLIÈRE, CRONISTA DE SU SIGLO

El autor de *El enfermo imaginario* se esfuerza en burlarse en toda su obra no solo de las costumbres, sino también de los personajes típicos de su siglo:

- la crónica de la sociedad. La mayoría de las tramas nacen en ambientes que Molière ha observado de cerca. Describe a personajes marcados por su oficio o por su condición. Con Argán, nos adentramos en el mundo de la burguesía adinerada a la que pertenecen, entre otros, intelectuales como los médicos, los boticarios y los notarios.
- Molière, enfermo desde temprana edad, tiene la oportunidad de observar a los médicos de su siglo, a los que no aprecia. A través de Beraldo, critica al cuerpo médico sin reparos;
- la crónica de personajes. Molière estaba empeñado en «pintar del natural»: quería que sus descripciones se pareciesen a seres humanos, que cada uno pudiese verse en ellas. Hemos de señalar que muchos de sus personajes se han convertido en arquetipos: ¿acaso no hablamos de un harpagón (personaje principal de *El avaro*) o de un tartufo (basándonos en el protagonista hipócrita de *Tartufo*)?

Los personajes principales del autor son presa de una idea fija: Argán, hipocondríaco, está tan obsesionado con la medicina que pierde todo su sentido común. Su egoísmo causa desgracias en su familia, puesto que su hija debe casarse con un yerno que cumpla sus requisitos.

• La idea fija del monomaníaco queda al descubierto cuando choca contra un obstáculo. El protagonista se niega entonces a atender a razones, se obstina y pronuncia réplicas reveladoras teñidas de ingenuidad y de obcecación. Así, Beraldo cuestiona el poder de los remedios que se le administran a su hermano y Argán le responde: «Pero sabes que me mantengo bien gracias a ellos. El señor Purgón dice que moriría si paso más de tres días sin sus cuidados» (Molière 2015, 86).

• Debemos señalar que en *El enfermo imaginario* Molière desarrolla toda la trama en torno al personaje central. En el tercer acto, aumenta los pasajes en los que se muestran las diversas facetas del carácter de Argán. Estas escenas solo guardan relación con la obra porque tratan acerca del enfermo imaginario: por ejemplo, un diálogo entre Argán y su hermano revela hasta qué punto el protagonista tiene una fe ciega en los médicos (Molière 2015, acto III, escena 6). La obcecación debida a su hipocondría lo lleva a confiar en las personas equivocadas: su esposa, manipuladora, y los hombres de ciencia, interesados por su dinero que, según Argán, lo conocen mejor que nadie. Aunque este último no es un hombre malo, se muestra egoísta con sus actitudes: solo piensa en su presunta enfermedad, en sus tratamientos y en sus médicos. En una palabra: solo piensa en él. Quiere obligar a su hija a que se case con un chico insípido, pero médico, y hace caso omiso de su hermano, que intenta hacerle entrar en razón, y de su sirvienta, que busca el bien de todos. Argán no presta atención a las personas que de verdad se preocupan por él.

LO CÓMICO EN MOLIÈRE

Si lo analizamos detenidamente, Molière escenifica situaciones más bien trágicas: sus protagonistas terminan sufriendo a causa de una idea fija y su egoísmo salpica a toda la familia. Por consiguiente, el arte del autor reside en el tratamiento cómico de una situación difícil. Molière recurre a todo aquello que puede provocar risa: lo cómico de las palabras, de los gestos, del carácter y de la situación. Además, emplea varios procedimientos para obtener un efecto cómico:

- la intervención de personajes odiosos, pero tan absurdos que se vuelven graciosos. Van acompañados con frecuencia por un sirviente que se encarga de distender la atmósfera en los momentos más serios;
- los finales felices que disipan la tristeza de las situaciones críticas;
- las parodias de la jerga médica que sobre todo Tonina se esfuerza en imitar: «*Ignorantus, ignoranta, ignorantum.* El vino lo tiene que tomar puro, y para espesar su sangre, que la tiene demasiado sutil, debe comer bastante carne de buey, de cerdo [...], para trabar y aglutinar» (Molière 2015, 96);
- el uso del lenguaje indirecto también provoca risa, como cuando Cleantes y Angélica se declaran su amor al amparo de una ópera.

EL ENFERMO IMAGINARIO, UNA FARSA

Por muchos aspectos, la obra se inscribe en el género de la farsa. En *El enfermo imaginario*, Molière retoma efectos dignos de la *commedia dell'arte*, como los bastonazos (Polichinela), los disfraces (Tonina) o el uso de palabras groseras.

Los personajes escenificados también provienen de la farsa: en la obra de Molière, los pedantes se convierten en médicos y los sirvientes se mantienen en un lugar destacado.

Debemos indicar igualmente que la simplificación caricaturesca, procedimiento típico de la farsa, es una herramienta ideal para retratar los caracteres maníacos como el de Argán.

PISTAS PARA LA REFLEXIÓN

ALGUNAS PREGUNTAS PARA PROFUNDIZAR EN SU REFLEXIÓN...

- ¿En qué medida respeta *El enfermo imaginario* el esquema habitual de las comedias de intriga?
- ¿Qué objetivo general persigue Molière con todas sus comedias? Justifique su respuesta.
- ¿Contra quién dirige Molière su crítica en esta obra en particular?
- ¿Cree que esta obra pudo ofender a sus contemporáneos? Justifique su respuesta.
- Compare el personaje de Argán con otros grandes personajes tipo de la obra de Molière (Harpagón, Tartufo, etc.). ¿Qué tienen en común?
- ¿Qué puede decir acerca de los desenlaces en la obra de Molière?
- ¿Qué lugar y qué papel ocupa la estratagema en *El enfermo imaginario*? ¿Ocurre lo mismo en las otras obras de Molière?
- ¿Cuál es el objetivo de los intermedios musicales en esta obra?
- ¿Tiene alguna parte trágica esta comedia? Justifique su respuesta.
- ¿En qué medida esta obra podría ser considerada una farsa?
- ¿Cuál cree que fue la clave del éxito de esta obra y de toda la obra de Molière en general?

¡Su opinión nos interesa!
¡Deje un comentario en la página web de su librería en línea,
y comparta sus favoritos en las redes sociales!

PARA IR MÁS ALLÁ

EDICIÓN DE REFERENCIA

- Molière. 2015. *El enfermo imaginario*. Traducido por Rosa María Blanco. Santiago de Chile: Zig-Zag. E-book en epub.

ESTUDIOS DE REFERENCIA

- Alluin, Bernard, dir. 1998. *Anthologie de textes littéraires du Moyen Âge au XXe siècle*. París: Hachette.
- Lagarde, André y Laurent Michard. 1996. *XVIIe siècle. Les grands auteurs français du programme*, III. París: Bordas, colección *Textes et Littérature*.

ADAPTACIÓN

- *Le malade imaginaire*. Telefilme dirigido por Christian de Chalonge, con Christian Clavier y Marie-Anne Chazel. 2008.

EN RESUMENEXPRESS.COM

- Guía de lectura de *Anfitrión* de Molière.
- Guía de lectura de *Don Juan* de Molière.
- Guía de lectura de *El avaro* de Molière.
- Guía de lectura de *Las preciosas ridículas* de Molière.
- Guía de lectura de *Tartufo* de Molière.